MEMOIRE

POUR le Sieur Réveillon, *Entrepreneur* de la Manufacture royale de Papiers peints, *Fauxbourg Saint-Antoine*,

Plaignant EN FAUX PRINCIPAL ;

CONTRE l'Abbé Roy , *Cenfeur Royal*, &c. & *Accufé*.

A PARIS.

De l'Imprimerie de BAUDOUIN, rue du Foin-St-Jacques, N° 31.

1789.

MÉMOIRE.

POUR le Sieur Réveillon, Propriétaire de la Manufacture royale de Papiers peints, établie rue de Montreuil, Plaignant *en faux principal*, & Intimé ;

CONTRE l'Abbé Roy, Cenſeur royal, &c. Appelant d'un décret d'ajournement perſonnel décerné contre lui, au Châtelet, ſur cette Plainte.

Depuis quelques années le brigandage des fauſſaires déſole le commerce ; il fait trembler les Maiſons les plus opulentes : on a vu l'une d'elles, il y a deux ans, victime d'un faux audacieux, éprouver

A 2

une fecouffe à laquelle il eft inouï qu'elle ait pu réfifter ; on en a vu une autre qui étoit confidérée, &
que le même coup a écrafée ; depuis peu encore, des
Banquiers connus ont refufé un inftant de faire honneur à la fignature d'un de leurs Correfpondans,
parce qu'on l'a contrefaite pour des fommes confidé-
rables. L'intérêt public exige qu'un exemple effraye
enfin un genre de malfaiteurs d'autant plus dange-
reux, qu'ils s'enhardiffent en proportion de la difficulté de les convaincre.

C'eft auffi ce motif d'intérêt public qui me déter-
mine à pourfuivre l'auteur d'un faux qui me concerne.
J'ai réfifté courageufement à toutes les follicitations
dont on m'a environné, pour m'engager à affoupir
l'affaire ; & je crois que les Magiftrats & le Public
me fauront gré de ma fermeté.

A la vérité, l'homme que cette affaire compromet,
a un état refpectable ; il a des places, des titres, des
liaifons diftinguées : en un mot, c'eft l'Abbé Roy,
Cenfeur royal pour la partie de la Théologie, *Membre
de l'Affemblée Provinciale de Bourges, Secrétaire de
M. Comte d'Artois, Homme-de-Lettres, &c.* ; mais
fi l'Abbé Roy eft criminel, il n'en eft que plus punif-
fable, & l'exemple n'en fera que plus utile & plus
éclatant.

Or, la Juftice le défigne d'avance comme coupable, & l'Abbé Roy eft décreté *d'ajournement perfonnel,* comme prévenu *d'avoir* FABRIQUÉ *& fait
préfenter au paiement un billet au Porteur,* figné de moi.

Je ne veux point cependant accufer nettement l'Abbé Roy ; je ne veux que préfenter aux Magiftrats les preuves qui paroiffent fe réunir contre lui. Je defire du refte qu'il puiffe démontrer fon innocence ; car plus le délit eft bas de la part d'un homme de fon caractère, plus le foupçon doit lui en être cruel.

L'Abbé Roy n'eft pas auffi réfervé que moi : il a l'audace de m'inculper d'avoir, quand le billet m'a été préfenté, écrit fur le champ un autre billet pour le fubftituer au fien, & de RENDRE PLAINTE DU FAUX QUE MOI-MÊME J'AUROIS FABRIQUÉ.

C'eft, fans doute, une bien ridicule défaite que cette fuppofition ; mais c'eft en même temps une bien odieufe méchanceté : celle-là eft d'autant plus crimi-nelle, qu'elle n'étoit pas néceffaire à l'Abbé Roy ; & il avoit, ainfi qu'on le verra plus bas, d'autres excufes à employer qui étoient même moins abfurdes.

Pourquoi donc a-t-il choifi celle-là ? Ah! pourquoi?... L'Abbé Roy eft furieux de la fermeté avec laquelle j'ai réfifté aux inftances qu'il m'a faites pour laiffer-là le procès ; il a juré de fe venger ; il a donc ima-giné cette horrible calomnie, & fa haine ne lui a pas permis d'en voir l'abfurdité.

Que gagne au refte l'Abbé Roy à une fi odieufe imputation ? Il ne fait que déceler un cœur méchant, vindicatif, atroce dans fa vengeance, & capable de tout pour la fatisfaire.

F A I T S.

Avant que d'en venir aux faits directs de l'affaire,
il en est de préliminaires qu'il est essentiel d'exposer.
Je vais les rapporter avec exactitude.

L'Abbé Roy s'occupe de Littérature & il imprime;
autant vaut cette occupation-là qu'une autre, quand
on ne fait tort à personne.

L'Abbé Roy est donc Auteur d'un Ouvrage intitulé:
Histoire des Cardinaux. Il a vendu son Manuscrit à
un Libraire; mais il paroît que d'abord il avoit voulu
l'imprimer pour son compte, & qu'il a changé d'avis
après l'impression du premier volume; toujours est-il
vrai qu'il est venu acheter chez moi du papier pour
cet ouvrage.

Je ne le connoissois pas; mais cette sorte de con-
fiance que l'on a toujours en un homme d'un état
respectable, qui a des places honorables, des liaisons
distinguées, me détermina à faire une première fourniture à l'Abbé Roy.

On m'a assuré depuis, que l'Abbé Roy étoit ordinairement gêné dans ses affaires. Est-ce défaut d'ordre?
est-ce défaut de conduite? Je l'ignore. Ce qu'il y a de
certain, c'est que l'Abbé Roy est, pour me servir de
l'expression vulgaire, souvent *réduit aux expédiens.*
De quelle nature sont ceux qu'il emploie? J'aurois
peut-être le droit de l'examiner dans ce procès-ci; je me
bornerai à observer que, d'après ce que doit dire l'in-

formation, l'Abbé Roy eft au moins fufpect fur l'article de la délicateffe ; car le Libraire avec lequel il a traité pour la vente de fon Ouvrage, doit dépofer expreffé-ment que l'Abbé Roy a employé TOUTE LA MAUVAISE FOI poffible à fon égard, *pour raifon de l'Ouvrage qu'il lui avoit vendu.*

Un autre témoin de l'information doit dépofer auffi qu'il *a entendu dire, dans différentes maifons, que l'Abbé Roy avoit déjà fait* PLUSIEURS *tours.*

On affure en outre qu'il a déjà eu un procès au fujet d'une efpèce de faux dont on l'accufoit. A la vé-rité, il a gagné, dit-on, ce procès ; mais on peut, en ce genre fur-tout, gagner des procès, faute des preuves néceffaires pour les perdre.

Toujours eft-il vrai qu'il feroit fâcheux pour l'Abbé Roy d'avoir été expofé déjà à une accufation du même genre.

L'Abbé Roy (& ce fait eft certain) a été encore accufé en Juftice d'avoir attribué *fauffement* à fon Li-braire, un *Avis au Public*, dont il devoit réfulter pour l'Abbé Roy lui-même, un bénéfice confidérable.

De mon côté, j'ai eu les oreilles frappées de quelques faits que l'on s'eft empreffé de me rapporter contre l'Abbé Roy, dès l'inftant que l'affaire actuelle a tranf-piré; mais comme ces faits ne me paroiffent pas prouvés, j'aime mieux les croire imaginaires. Il eft poffible que des gens mal-veillans lui ayent fuppofé des torts graves, ou que des gens prévenus ayent exagéré ceux qu'il peut avoir.

Quoi qu'il en foit, à l'époque où l'Abbé Roy s'eſt préſenté chez moi, je n'avois encore contre lui aucun motif de défiance ; mais je ne tardai pas à en avoir. Il fut très-inexact dans le paiement de la première fourniture que je lui fis ; & ce ne fut qu'à force d'inſtances, & même de menaces, que je parvins à lui faire folder cet article.

Auſſi, quand l'Abbé Roy revint pour me demander une nouvelle fourniture, je la lui refufai. L'Abbé Roy, qui a ou qui avoit la protection de M. le Duc de Charoſt, s'adreſſa à ce Seigneur pour obtenir de lui une recommandation. M. le Duc de Charoſt fit plus que de me le recommander ; il alla juſqu'à m'écrire *qu'il ſe rendoit bien volontiers caution* de l'Abbé Roy. Je ne balançai pas alors à fournir à l'Abbé Roy tout le papier qui lui étoit néceſſaire.

Deux ans s'écoulèrent ſans que l'Abbé Roy ſongeât même à me donner un à-compte. Alors je m'adreſſai à M. le Duc de Charoſt, comme à ſa caution, & j'eus l'honneur de lui écrire. M. le Duc de Charoſt eut la bonté de me répondre. Autre lettre à laquelle M. le Duc de Charoſt répondit encore ; & dans cette réponſe étoient les propres expreſſions que voici : J'AI FAIT PASSER VOTRE LETTRE A M. L'ABBÉ ROY ; *voici ſa réponſe, que je vous prie de me renvoyer.*

Enfin, il eſt certain que l'Abbé Roy a eu entre les mains au moins une de mes lettres à M. le Duc de Charoſt ; & il eſt vraiſemblable qu'il en a eu encore
trois

trois autres, car en tout j'en ai écrit quatre à M. le
Duc de Charoſt :

La première du 8 Avril,
La ſeconde du 10 dudit,
La troiſième du 5 Juillet,
La quatrième du 7 Août,
} 1786.

J'en ai écrit auſſi pluſieurs autres à l'Abbé Roy dans
le cours de 1786 & 1787.

La plupart de ces lettres étoient écrites ſur du
papier *vélin*.

Ces détails paroiſſent d'abord minutieux ; cependant
on verra combien ils ſont importans.

L'Abbé Roi, au reſte, a terminé par payer la
ſeconde fourniture que je lui ai faite ; mais il eſt
eſſentiel d'obſerver qu'au moment où le billet faux
m'a été préſenté, il me devoit encore 1100 livres.

TELS ſont les faits préliminaires qu'il étoit utile
d'expoſer. On y a remarqué quelques circonſtances
précicuſes ; d'abord que l'Abbé Roy eſt, quelle
qu'en ſoit la raiſon, dans une gêne habituelle ;
qu'il n'a pas été juſqu'ici à l'abri du ſoupçon ; qu'on
tient des propos déſobligeans ſur ſon compte, propos mal fondés peut-être, mais toujours fâcheux ;
que dans l'affaire même qui a amené celle-ci, les
témoins ſe plaignent *de la plus grande mauvaiſe foi
de ſa part* ; diſent qu'il avoit déja fait *pluſieurs
tours* ; l'on voit qu'il paſſe pour avoir eu des procès ana-
logues au procès actuel. On voit auſſi que j'ai écrit,

B

tant à M. le Duc de Charoft qu'à l'Abbé Roy, différentes lettres, dont celui-ci a pu abufer ; enfin que ces
lettres étoient écrites, la plupart, fur du papier vélin,
comme le billet que j'arguë de faux.

Je prie les Magiftrats de retenir ces différentes par-
ticularités, & je paffe maintenant aux faits qui con-
cernent le billet même.

LE 11 Décembre 1787, un jeune homme fe
préfente chez moi, & demande, à la Caiffe, le
paiement d'un billet de 7000 liv. foufcrit de mon
nom. Le Caiffier examine le billet, & voici ce qu'il
y remarque :

Un papier d'une forme fufpecte, qui par le haut
paroît être détaché d'un autre papier écrit, qui, par fa
forme beaucoup plus longue que large, a l'air d'une
bande de papier plutôt que d'un billet ; papier dans lequel, à la vérité, fe trouve ma fignature, mais écrite d'un
caractère proportionné à celui du billet ; papier dans lequel le texte n'eft pas de mon écriture, non plus que le
bon pour, mais d'une écriture remarquable par fes caractères menus, ferrés & combinés de manière à ne
placer qu'une ligne au-deffus de la fignature ; papier
enfin, qui eft tellement fufpect, qu'on voit clairement, quoique ma fignature foit dans ce billet, que
cependant il n'eft pas figné de moi.

Voici le billet avec fes dimenfions exactes, **en**

longueur & en hauteur, & avec la quantité de lettres que contiennent les lignes : on y remarquera auffi cette particularité, que l'*R* mord fur le mot *fix*, & eft entamé par le mot *comptant*.

---

hui Premier decembre mil fept cent quatre vingt fix en un an je payerai u porteur la fomme de fept mil livres Recue comptant

P 7000 tt

manufacturier de papier
rue de montreuil.

A l'afpect de ce billet, mon Caiffier n'eut pas de peine à reconnoître qu'il étoit faux ; d'ailleurs, il fa-voit que d'après fes regiftres, il n'avoit pas d'effet de 7000 liv. à payer.

Au refte, comme j'étois alors chez moi, il me fait voir le billet ; j'en reconnois fur le champ la fauffeté ; j'interroge, à ce fujet, le porteur ; celui-ci ne peut me fatisfaire, il me dit feulement qu'il eft Clerc chez Me Edon, Notaire, & chargé par lui de re-cevoir le montant de l'effet.

Je rends le billet au jeune homme ; je fais venir une voiture dans laquelle je monte avec lui, & avec une Dame qui étoit chez moi, & je me hâte d'aller queftionner Me Edon au fujet de ce billet.

Chemin faifant, comme Me Edon demeure près la Baftille, & que le Commiffaire le Rat a fon do-

B ij.

micile à la porte Saint-Antoine; je descends un inftant chez ce Commissaire; je lui fais ma déclaration
verbale, & je vais ensuite chez Mᵉ Edon, à qui je demande quelle est la personne dont il tient ce billet.

Mᵉ Edon me répond *qu'il ne croit pas devoir me
rendre aucun compte à ce sujet.* Mᵉ Edon étant homme
public, obligé, par son état, à la plus grande discré-
tion, & le porteur lui ayant demandé le secret, il
se croit tenu de le garder.

Je lui observe que ce billet est faux; je lui fais voir
de quelle importance il est que j'en connoisse le porteur; Mᵉ Edon refuse toujours de le nommer : en
vain je le supplie de parler; il persiste à se taire.
Néanmoins, comme le billet est argué de faux,
Mᵉ Edon croit qu'il est de son devoir de ne pas s'en
dessaisir; il me le promet; il m'ajoute même qu'il
demandera le lendemain au porteur, *s'il consent à
être nommé;* sur cela je quitte Mᵉ Edon, & je retourne
chez le Commissaire, que je prie de recevoir, par
écrit, ma déclaration.

Le lendemain de cette Déclaration, je retourne
chez Mᵉ Edon; j'étois empressé de savoir si le porteur du billet avoit consenti à être nommé. Mₑ Edon
me dit que non; mais que bien sûrement c'est un
homme infiniment honnête, un homme qui a des
places, des titres, des liaisons respectables, un Prêtre
même. Alors, comme je savois, par des tiers, que
l'Abbé Roy étoit venu chez Mᵉ Edon, y étoit
venu plusieurs fois, je me rappelle tout ce qu'étoit

l'Abbé Roy, fon caractère, fes places, fes liaifons; je me rappelle auffi l'embarras de fes affaires, fes befoins, fa réputation, la lenteur avec laquelle il payoit; je conclus de tout cela, que l'homme que je cherche eft l'Abbé Roy; & en effet, j'apprends que c'eft lui qui eft le porteur du billet.

Je vais donc, en fortant du cabinet de Me Edon, faire une feconde déclaration chez le Commiffaire.

Telle eft la conduite que j'ai tenue les 11 & 12 Septembre, au fujet de ce faux billet.

Que difoit cependant, & que faifoit de fon côté l'Abbé Roy? Il alloit fouvent chez Me Edon; il annonçoit une vive inquiétude; il expliquoit cette in-quiétude par des fuppofitions différentes les unes des autres; il prioit en grace Me Edon de ne pas le nommer: fur la nouvelle qu'il étoit défigné, il le fupplioit de faire fes efforts pour que les chofes n'allaffent pas plus loin. Me voyant enfuite déterminé à chercher l'auteur du faux billet, il fommoit Me Edon de le lui rendre: fur le refus de Me Edon, il employoit, pour le déter-miner, la médiation du fieur Edon, fon frère; il l'enga-geoit à prier la Dame Edon d'intercéder pour lui auprès de fon mari; il s'écrioit, il répétoit fans ceffe d'une voix douloureufe *qu'il étoit perdu*, qu'il ne lui reftoit plus qu'à *fe brûler la cervelle*, & autres propos femblables; enfin, il vouloit laffer Me Edon par fes inftances, ou le fléchir par fes prières; fes importunités même allèrent fi loin, que Me Edon fut obligé de lui interdire l'entrée de fon

cabinet. Tous ces détails précieux doivent être conf-
tatés par l'information.

C'eſt alors que Mᵉ Edon ſe détermina à dépoſer
le billet chez le Commiſſaire chez lequel j'avois
fait ma déclaration.

L'Abbé Roy, qui ne craignoit rien tant que ce
dépôt, s'étoit occupé de parer le coup.

Et en effet, le même jour 21 Décembre, il fait
ſignifier à Mᵉ Edon un acte d'oppoſition à la remiſe du billet, entre les mains *de telle perſonne
que ce pût être ;* il pouſſe encore la précaution plus
loin : prévoyant le cas où le billet auroit déjà été
remis, il fait faire à Mᵉ Edon, par l'Huiſſier, différentes queſtions, dans la réponſe deſquelles il eſ-
péroit ſé ménager des ſubterfuges pour le procès-
criminel.

Cependant il eſſaye auparavant d'empêcher ce
procès. Il ſe hâte d'aller voir le Commiſſaire le Rat ;
il le prie, le ſupplie de différer le dépôt du billet
du Greffe : il retourne pluſieurs fois chez cet Officier, & toujours priant & ſuppliant ; il l'engage
à ſe rendre médiateur entre lui & moi. Il a recours
encore à d'autres perſonnes ; il emploie un Prélat
célèbre par ſes talens & ſes vertus (M. l'ancien
Evêque de Senès) ; il me fait parler par le Curé de ma
Paroiſſe, celui de Sainte-Marguerite ; il m'envoie
enſuite le Vicaire ; il me fait écrire pour me prier
de *ſuſpendre le dépôt de la plainte concernant le
billet ;* il s'agit, me dit-on dans la lettre, *DE*

SAUVER la réputation d'autrui. Une autre personne qui doit des égards au protecteur qui m'écrivoit cette lettre, m'en écrit une auffi pour appuyer cette recommandation : il me dit· que *M. de* * * * *a dû m'écrire qu'il s'intéreffe à la famille du* FAUSSAIRE. L'Abbé Roy, non content de toutes ces follicita-tions, cherche à me rencontrer ; il me parle, me prie, s'attache à moi, m'annonce qu'il ne me quit-tera pas; il me dit : *voulez-vous me perdre?*

A toutes les inftances de l'Abbé Roy, & à celles de fes protecteurs, je n'oppofois qu'une réponfe : *que l'Abbé Roy dife de qui il tient ce faux billet. Je le fuppofe innocent, mais je veux connoître le cou-pable ;* mais l'Abbé Roy s'obftinoit au filence, ou ne donnoit que des réponfes vagues & infignifiantes.

C'eft alors que j'ai fuivi le procès criminel.

Dès qu'une fois l'Abbé Roy eut perdu toute efpé-rance, il devint furieux·, & il ne fongea plus qu'à fe venger.

Il employa, pour y réuffir, l'infame & atroce récrimination dont j'ai parlé au commencement de ce Mémoire. Il fuppofa qu'au moment où mon Caif-fier m'a remis le billet de 7000 liv., j'avois retenu ce billet, & que je l'avois remplacé par un autre qui y reffembloit, & qui étoit faux.

Voyons maintenant la marche de la procédure.

L'Abbé Roy a été décrété d'ajournement perfonnel, le 17 Avril 1788.

Il a, à ce qu'il paroît, donné dans son interrogatoire une partie des défaites ridicules que j'exa-
minerai dans la discussion.

Le 6 Mai, M. le Lieutenant-criminel a réglé le
procès à l'extraordinaire.

Depuis cette époque, la suspension des Tribunaux
m'a empêché jusqu'à la rentrée de suivre le procès.

Instruit cependant par la voix publique, des ré-
ponses insignifiantes qu'avoit données l'Abbé Roy
dans son interrogatoire, je crus important de demander qu'il fût interrogé de nouveau. Je pris encore
une autre précaution : comme très - probablement le
billet de 7000 l. a été écrit sur une bande de papier cou-
pée au bas de quelqu'une de nos lettres; comme d'ailleurs
ce papier est précisément du *papier vélin*, ainsi que
celui que j'emploie *pour mes lettres* ; comme enfin il
est vraisemblable que le corps du billet est de la main
de l'Abbé Roy, je demandai qu'il fût tenu de déposer
au Greffe *les lettres que je lui avois écrites*, & de
faire un corps d'écritures & de chiffres, qui pût être
comparé, ainsi que mes lettres, au texte du billet.

M. le Lieutenant-criminel ordonna, & un nouvel
interrogatoire, & le dépôt des différentes lettres.

L'Abbé Roy, a qui, bien sûrement, ce jugement
ne préjudicioit en aucun sens, s'il étoit innocent, en
interjeta pourtant appel, même avant qu'il lui fût
signifié ; & c'est sur cet appel que nous procédons
au Parlement. L'Abbé Roy conclut, comme on le
pense bien, *à l'évocation*, & il conclut aussi aux répa-
rations

rations les plus formelles, à 20,000 liv. de dommages-intérêts, à l'impreſſion, à l'affiche, &c. enfin, à la remiſe du billet, ſinon au paiement, de 7000 liv.; & ces concluſions ſi fières ſont précédées d'une Requête, où l'Abbé Roy déclame à la fois contre moi, Mᵉ Edon, ſon Clerc, le Commiſſaire le Rat, & les témoins de l'information. Il ſe permet ſur chacun les invectives les plus violentes, ou les inſinuations les plus mal-honnêtes. Il eſt fâcheux pour lui qu'il ſe ſoit cru obligé de diffamer à la fois tant de monde pour établir ſa juſtification : ſi par haſard, il eſt innocent, c'eſt toujours une imprudence; s'il eſt coupable, c'eſt certainement une mal-adreſſe.

J'ai le bonheur d'être plus calme : je ne cherche ici que la vérité, & je prie même l'Abbé Roy de m'aider à la trouver, s'il n'eſt pas coupable.

MOYENS.

Je DEMANDE que le Procès ſoit continué contre l'Abbé Roy & renvoyé par conſéquent au Châtelet.

Il me ſemble que pour cela, j'ai deux propoſitions à établir.

La première; *il ne peut pas y avoir lieu à l'évocation.*

La ſeconde ; *l'Abbé Roy eſt très-ſuſpect d'être* l'auteur *du faux.*

Quant à la première propoſition, elle me paroît inconteſtable.

C

En effet, j'entends dire que la maxime élémentaire dans tout Procès criminel, c'est qu'il n'y a lieu à l'évocation que quand la matière est *légère*. Or, assurément, un faux, & un faux matériel, ne peut pas s'appeler une matière légère : donc on ne peut pas évoquer.

Il ne s'agit alors que de prouver qu'il existe ici un faux matériel.

Il suffiroit de jeter les yeux sur le billet dont l'Abbé Roy étoit porteur, pour être convaincu de sa fausseté.

1°. Elle est prouvée par la forme extraordinaire du billet. C'est une bande de papier très-étroite & beaucoup plus que ne l'est un billet ordinaire, si court qu'en soit l'énoncé ; à peine ce papier a-t-il plus d'un pouce de largeur.

2°. Au haut du billet & dans tout le prolongement d'une ligne, on remarque des traces de caractères effacés, grattés ; & ces caractères sont les extrémités inférieures & saillantes de lettres dont les têtes ou le corps ne paroissent plus ; si bien, qu'il est évident que le papier a été séparé d'un autre plus grand & qui étoit écrit.

3°. Comme la signature, quoiqu'éloignée du haut du papier, n'en étoit cependant pas assez distante pour qu'on pût placer deux lignes au-dessus, on a serré les caractères, de manière qu'il n'y eût qu'une ligne en tête, & que la seconde vînt finir à côté de la signature même ; & cependant malgré cette pré-

caution, on n'a pas pu fi bien combiner l'arrange-
ment des mots, que le dernier ne vînt fe preffer
contre la fignature; il la ferre au point, que la dernière
lettre enjambe fur la première de cette fignature.

4°. La fignature eft faite librement & fans con-
trainte; les lettres en font larges, hautes & féparées;
& elles font d'une difproportion choquante avec celles
des autres mots du billet, qui font menues, courtes
& ferrées.

5°. L'écriture du texte & du *bon pour* 7000 *liv.*
paroît être de l'Abbé Roy. Je ne veux rien affir-
mer à cet égard; je me borne à dire que j'ai moi-
même examiné foigneufement ce billet, & qu'il m'a
paru que l'écriture étoit on ne peut plus reffemblante
à celle de l'Abbé Roy (1).

6°. La feule circonftance que ce billet eft feulement du débiteur & n'eft point écrit de fa main,
eft une forte préfomption de la fauffeté du titre. Il
eft poffible, mais il eft extrêmement rare qu'un
Négociant qui connoît l'importance d'un billet, &
d'un billet au porteur, ne l'écrive pas en entier de
fa main, ou au moins n'en écrive pas le *bon pour*,
&c. Le billet ainfi conçu eft donc évidemment
fufpect d'être faux.

7°. Ce billet eft écrit fur du papier *vélin*, papier
qui eft précifément le même que celui que j'em-

(1) Nous avons auffi nous-mêmes comparé ce billet aux lettres de
l'Abbé Roy; & nous avons trouvé que les caractères, quoique gênés,
étoient très-reffemblans à fon écriture.

C 2

ployois pour la plupart de mes lettres, foit à M. le
Duc de Charoft, foit à l'Abbé Roy; & fi cette
fingularité, que le papier du billet eft du papier *vélin*
comme celui de mes lettres, eft l'affaire du hafard,
il faut convenir que ce hafard eft bien étrange.

8°. Enfin, je protefte que je n'ai point figné ce
billet; j'offre de prouver qu'il n'eft point porté fur
mes livres. Je jouis, j'ofe le croire, d'une réputation
trop intacte, pour être foupçonné de nier ma fignature,
afin de ne pas payer 7000 liv. que je devrois.

L'exiftence du corps du délit eft donc prouvée.

Au refte, l'Abbé Roy lui-même avoue la fauffeté
du billet par la manière embarraffée dont il en parle,
ou dont il explique fa conduite.

Il dit qu'en recevant le billet de la perfonne qu'il
fuppofe le lui avoir remis, il n'a pas fait *une attention
particulière au corps du billet, mais feulement à la
fignature.* Il dit que ce n'eft que *depuis ce moment*, qu'il
a remarqué que le billet *étoit d'une écriture différente.*
Il dit qu'il s'eft fait à lui-même *quelque difficulté fur
cette circonftance;* il fait plus encore : il eft fi convaincu de la fauffeté du billet, qu'il aime mieux,
comme je l'ai dit, fuppofer que j'ai fubftitué un billet
faux au billet qu'il avoit fait préfenter.

Mais ne nous en tenons pas à ces vraifemblances.
Partons un inftant de la fuppofition même de l'Abbé
Roy, que le billet a été changé, & que j'en ai fubf-
titué un qui étoit faux.

Eh bien! dans ce cas, d'après l'Abbé Roy lui-même, le corps du délit eft certain ; je ferois alors le coupable ; mais il n'en faudroit pas moins fuivre l'inftruction. La feule différence, c'eft qu'elle fe continueroit à la requête du Miniftère public, & affurément mon crime mériteroit, encore plus que celui de l'Abbé Roy, une pourfuite extraordinaire. Quoi ! pour me difpenfer de payer, j'aurois eu la hardieffe de fupprimer mon billet, d'en fubftituer un faux, de rendre plainte contre le faux dont je ferois moi-même l'auteur, & de fuivre ce procès aux rifques d'y compromettre, qui ? l'Abbé Roy ; c'eft-à-dire, un perfonnage refpectable, au moins fous plufieurs points-de-vue. Oui, je ferois très-criminel ; je le ferois même encore plus que l'auteur du billet. Il y auroit donc plus de raifons encore de continuer l'inftruction.

Ainfi, dans tel fens que l'entende l'Abbé Roy, il ne peut obtenir l'évocation : ou le faux dont je me plains eft l'ouvrage d'un tiers, alors le délit eft grave, il faut l'inftruire ; ou ce faux eft mon ouvrage, & le délit eft bien plus grave encore : il faut donc auffi l'inftruire.

Je ne vois point de réponfe à cet argument ; & fi l'Abbé Roy eft coupable, il faut convenir qu'il eft en même temps bien mal-adroit, & qu'il fe prend ici lui-même dans les piéges qu'il m'a tendus. Il auroit imaginé, pour fe juftifier, cette infame fuppofition d'un billet fubftitué au billet préfenté ; & fa calomnie tourneroit contre lui, par la conféquence même que j'en tire.

Prouvons, au refte, à préfent que cette fuppofition

de l'Abbé Roy eft encore plus abfurde qu'elle n'eft atroce.

Écoutons d'abord attentivement le roman de l'Abbé Roy, car il faut avant tout le bien comprendre.

Suivant lui, le Clerc de Me Edon porte chez moi le billet qu'il avoit remis à Me Edon, & alors voici ce que l'Abbé Roy fuppofe s'être paffé.

Le Clerc remet le billet à mon Caiffier ; le Caiffier quitte fon Bureau en tenant le billet à fa main, & vient me le montrer. Alors, *après un petit conciliabule* entre le Caiffier & moi (ce font les termes de l'Abbé Roy) *je fais un tapage effroyable* (ce font encore fes termes), & auffi-tôt ont difparu les preuves d'identité, entre le billet argué de faux & celui remis par le Clerc de Me Edon ; le billet vrai a été retenu par moi, & j'en ai rendu un autre que je venois d'arranger pour le faire reffemblant au premier.

L'Abbé Roy fuppofe encore que le billet a pu depuis être changé par moi, ou chez le Commiffaire le Rat, ou chez le Notaire ; mais fon hypothèfe favorite eft qu'il a été changé à l'inftant même de la préfentation.

Au refte, à quelqu'époque que fe fût faite cette fubftitution, c'eft moi, & moi feul qui, fuivant l'Abbé Roy, en ferois l'auteur ; *car le faux*, dit-il, *me profite.*

Si j'avois befoin de répondre à cette fable extravagante, il me fuffiroit d'obferver,

1°. Que le Sieur *Breüilliard*, qui eft ce Clerc chargé

par Me Edon de préfenter le billet au paiement, doit dire qu'il a reçu de moi précifément le même billet que celui qu'il avoit remis à mon Caiffier.

2°. Que Me Edon, qui connoiffoit parfaitement ce billet, ne doute pas plus de fon identité.

3°. Que le fieur Breüilliard, PORTEUR DU BILLET, fuivant la dame la Garde, eft refté avec elle dans la voiture où il étoit monté avec moi , & que je fuis monté feul chez le Commiffaire le Rat ; qu'ainfi je n'y ai pas porté le billet.

4°. Que Me Edon, en dépofant ce billet chez le Commiffaire le Rat, l'a dépofé comme étant *le même billet* que celui qu'il avoit reçu de l'Abbé Roy.

Au refte, comment imaginer que j'euffe commis un crime auffi odieux, que cette fubftitution d'un billet faux au billet vrai ? Comment fe perfuader que pour 7000 liv., un homme connu, un négociant eftimé, fe foit déterminé à une baffeffe de ce genre ? Comment croire d'ailleurs, qu'au moment de la préfentation du billet, il me foit venu l'idée de le repréfenter fur le champ par un autre d'une forme fi bizarre & fi fufpecte ?

On voit clairement que cette hypothèfe de l'Abbé Roy eft une fiction miférable, dictée par le befoin de fa caufe, & qui eft à la fois & méchante & abfurde.

Le corps du délit eft donc conftant : *le billet eft faux*.

PASSONS à la deuxième propofition : *l'Abbé Roy* eft fufpect d'avoir commis le faux.

D'abord, l'Abbé Roy eſt *chargé* par le fait même. Il eſt porteur d'un billet faux ; il le fait préſenter au paiement ; ce billet *étant au porteur*, eſt d'autant plus ſuſpect, que celui qui le préſente doit ſur le champ en toucher le prix. Ce fait ſeul, tout iſolé, & ne fût-il accompagné d'aucune circonſtance, accuſe l'Abbé Roy : cela eſt clair. Un vol vient d'être fait ; un particulier eſt ſaiſi avec les effets de l'homme volé, & il dit qu'ils ſont à lui ; peut-être eſt-ce du voleur qu'il les a achetés ; mais en attendant qu'il le prouve, c'eſt lui-même qui eſt prévenu d'être le voleur.

Ici, il y a bien plus encore, toutes les circonſtances ſe réuniſſent pour accuſer le porteur du billet.

Je crois d'abord qu'il ſuffiroit d'un ſeul indice pour accuſer l'Abbé Roy : c'eſt l'extrême reſſemblance de l'écriture du billet avec celle de l'Abbé Roy. On voit, à la vérité, qu'il a cherché à la contrefaire ; mais, pour peu qu'on examine le billet, on y apperçoit une analogie frappante dans la forme des lettres, dans leur inclinaiſon, dans leur irrégularité. Car l'écriture eſt comme la phyſionomie ; on la déguiſe, mais on ne la change pas.

Au reſte, en attendant la vérification d'écritures que prononcera le premier Juge, il eſt d'autres preuves qui s'élèvent contre l'Abbé Roy.

Une des plus fortes, ce ſont ſes réticences ſur la perſonne dont il dit tenir ce billet.

En effet, ſi l'Abbé Roy étoit innocent, qu'il indique donc préciſément le coupable, ou du moins
celui

celui qui lui a donné le billet ; qu'il dife fi c'eſt
un homme domicilié, auquel on puiſſe s'adreſſer ,
dont on puiſſe connoître l'état , la conduite , dont
fur-tout on puiſſe, s'il le faut , s'aſſurer ; qu'il
s'arrange enfin pour que cet homme fe retrouve : alors
l'Abbé Roy ceſſera d'être fuſpeÊt , ou bien il le
fera moins. Mais point du tout, qui indique-t-il ?
Un Libraire étranger qui s'eſt dit être de *Leipſig* ,
& qui n'eſt nulle part.

Voici , à cet égard , la fable que fait l'Abbé Roy.

L'Abbé Roy fuppoſe qu'il avoit un marché avec
ce Libraire Allemand, que le total de ce marché
fe montoit à 7000 liv. JUSTE ; que ce Libraire ne
lui a pas donné *un ſol* en argent ; qu'il lui a paſſé un
effet qui fe trouvoit JUSTE auſſi de la ſomme de
7000 liv. Et quel étoit l'objet de ce marché? Des
manuſcrits d'ouvrages qu'il avoit faits. Et quels étoient
ces ouvrages ? C'eſt ce que l'Abbé Roy ne dit pas.

Je me trompe, il le dit ; mais il le dit tout bas,
à l'oreille ; c'eſt une énigme dont les gens diſcrets
ont le mot , & non pas d'autres. L'Abbé Roy va
confiant ce mot à des Magiſtrats qu'il veut intéreſſer ;
mais il exige d'eux un profond fecret ; ou s'il leur permet d'en cauſer, c'eſt avec des gens très-ſûrs & bien
myſtérieuſement ; car , pour peu que cela tranſpire,
il eſt perdu ; la Baſtille s'ouvre à l'inſtant pour lui, &
l'y voilà pour la vie !

Comme pourtant il n'y a guère de fecret, qui tôt ou
rard n'échappe, il m'eſt parvenu , ce mot ſi important ;

D

& comme auffi le Gouvernement permet aujourd'hui de tout dire, je vais publier le fecret de l'Abbé Roy, fans craindre pour fa liberté.

Ce fecret prétendu, c'eft, fuivant l'Abbé Roy, un écrit fait par lui *contre le Gouvernement*. Il a imaginé en effet cette tournure dans le moment où j'ai rendu ma plainte, c'eft-à dire l'année dernière, & *vers l'époque* défaftreufe du 8 Mai. Il difoit donc alors à des Magiftrats, que dans cet ouvrage il tonnoit contre le defpotifme; qu'il avoit cru imprudent de le vendre à un Libraire de Paris; qu'il avoit trouvé ce Libraire de *Leipfig*, dont il avoit reçu le billet de 7000 liv., & que voilà pourquoi il avoit mis du myftère dans la négociation du billet même. Il ajoutoit adroitement à ces Magiftrats, que *plufieurs perfonnes* RESPECTABLES feroient compromifes s'il donnoit des détails publics fur ce manufcrit; & ces *perfonnes*, on fent aifément *que c'étoient des Magiftrats*.

Telle étoit, au mois de Mai dernier, la verfion fecrète de l'Abbé Roy chez les Magiftrats; mais il en avoit plus d'une; & chez les gens de la Cour, ou chez ceux qui tenoient encore au fyftême des Miniftres, l'Abbé Roy confioit, à ce qu'on affure, un fecret tout contraire. Il difoit tout bas auffi, que ce manufcrit étoit fait contre les Magiftrats; que fi malheureufement ils le favoient, il feroit perdu dans ce procès; qu'ainfi il étoit forcé de laiffer une forte de nuage fur l'origine & la caufe du billet de 7000 liv.

J'ai reproché plus haut à l'Abbé Roy de

manquer d'adreffe; ici je lui obferverai qu'il en a trop, & que trop d'adreffe n'eft que de la mal-adreffe. Que l'Abbé Roy fit, au mois de Mai dernier, toutes ces fauffes confidences, foit aux Magiftrats, foit aux gens de la Cour; la rufe pouvoit être bonne; mais dans le moment actuel, il en faut une autre; & comme je l'ai remarqué, la fantaifie d'écrire contre le Gouvernement n'étant plus un tort à fes yeux, la difcrétion de l'Abbé Roy n'eft plus placée, & fon exemple n'eft plus de faifon.

Remarquez au refte, au fujet de ce prétendu ma-nufcrit, contraire pour ou contre le Gouvernement, une contradiction bien frappante entre la Requête de l'Abbé Roy & ce que doivent dire les témoins. Ils doivent tous s'accorder à dire que l'Abbé Roy n'a parlé alors que *D'UN manufcrit*; mais l'Abbé Roy a réfléchi depuis. Il a fongé qu'un manufcrit qui vaut 7000 liv., eft un ouvrage confidérable, & qu'on remarqueroit dans la Littérature; il a donc craint qu'on ne lui demandât des nouvelles du fien. Il a fenti qu'en le métamorphofant en plufieurs pamphlets, il le feroit difparoître dans la foule, & qu'on n'en chercheroit plus la trace; en conféquence, & s'étant mieux con-fulté, il fuppofe maintenant qu'il a donné *plufieurs manufcrits* pour ces 7000 liv., ce qui rend le pré-texte moins invraifemblable.

Je crois pouvoir dire ici à l'Abbé Roy : « *iniquitas* » *mentita eft fibi*. Tantôt c'eft *un manufcrit* que vous » avez vendu, tantôt c'eft *plufieurs manufcrits*. Il n'y

» a point de prétexte pour varier fur un fait fi fimple ·
» & fi important. Vos contradictions vous con-
» damnent ».

Rejetons donc une bonne fois cette fable ridicule de
manufcrits inconnus, vendus à un Libraire inconnu
auffi, & qui l'eft à préfent comme l'année dernière ;
& concluons que l'Abbé Roy n'a perfonne à citer,
puifqu'il cite un être imaginaire ; qu'ainfi le *porteur*
du billet en eft très probablement l'Auteur (1).

Voyons maintenant ce que doit dire l'information.

On ne trouve pas dans cette information des preuves directes que l'Abbé Roy a fabriqué le billet ; car
ces témoins ne doivent dépofer qu'au fujet de la conduite de l'Abbé Roy depuis qu'il a remis le billet à
Me Edon ; mais ce qu'ils doivent dire à ce fujet,
femble de toutes parts dénoncer en lui un coupable.

Premièrement, le fieur Boullanger doit dépofer
que l'Abbé Roy a employé une foule de médiateurs
pour affoupir cette affaire, entr'autres *M. l'ancien
Evêque de Senez*, *le Curé de Sainte-Marguerite &
le Vicaire* de cette Paroiffe.

Le frère de Me Edon, & qui demeure chez lui,

___

(1) J'ai obfervé, en commençant, que l'Abbé Roy avoit d'autres
fuppofitions à faire, plus excufables que celle de la fubftitution d'un
billet faux au billet qu'on m'a préfenté. En effet, ne pouvoit-il pas
dire que ce Libraire de *Leipfig* avoit pu être l'auteur du faux, ou bien
la perfonne dont ce Libraire auroit reçu le billet, & ainfi de fuite ?
Mais non : l'Abbé Roy vouloit fe venger de moi ; il a préféré de
me calomnier ; & plus la calomnie étoit atroce, plus elle lui a paru utile.

doit dépofer auffi des terreurs & des follicitations directes de l'Abbé Roy, au fujet de ce billet, depuis
l'éclat fait par le fieur Réveillon.

Le fieur Edon doit dire que cet Abbé « s'eft
» adreffé à lui ; que paroiffant FORT AGITÉ, il l'a
» follicité VIVEMENT (lui témoin) d'obtenir de fon
» frère, QU'IL LUI RENDÎT le billet qu'il lui avoit con-
» fié, parce que fi cette affaire avoit de la fuite, cela
» lui feroit BEAUCOUP DE TORT; qu'il étoit mal-
» heureux pour lui qu'il eût été trompé, & qu'il DE-
» SIREROIT BIEN que cette affaire fût ANÉANTIE ;
» qu'il eft revenu différentes fois à l'étude de Me Edon,
» parce que ce dernier ne vouloit plus le recevoir dans
» fon cabinet, & qu'il l'a follicité encore différentes
» fois, pour que le billet de 7000 liv. ne fût pas
» DÉPOSÉ ».

Me Edon doit dépofer qu'après avoir fu de lui les
plaintes du fieur Réveillon, au fujet du billet, l'Abbé
Roy employa la médiation, de lui témoin, POUR QUE
LES CHOSES N'ALLASSENT PAS PLUS LOIN.

Au refte, ces inquiétudes & ces follicitations ,
l'Abbé Roy lui - même les avoue dans fon interrogatoire; ainfi, & felon les témoins, & felon fon
propre aveu, voilà un fait bien conftant au Procès.

Or, comment expliquer ces agitations, ces terreurs,
ces fupplications, autrement que par l'hypothèfe du
crime? Et comment, d'après cela, réfifter à l'idée que
l'Abbé Roy eft l'auteur du faux ? S'il y étoit étranger ; s'il n'avoit fait que recevoir ce billet des mains

d'un particulier qui l'auroit trompé, qu'auroit-il donc à craindre? En nommant celui dont il tient le billet, tout seroit dit : & à quel propos tant d'efforts pour arrêter mes pourfuites? Pourquoi tant de Protecteurs en mouvement pour m'engager à *affoupir* cette affaire? Eh! au contraire, l'Abbé Roy, lui-même n'étoit-il pas intéreffé à faire connoître le coupable? Loin d'arrêter le procès, ne devoit-il pas même le provoquer? Ne devoit-il pas fentir que fi la queftion ne s'éclaircit pas, c'eft lui qui eft foupçonné, & qu'il l'eft pour la vie?

Mais, dit l'Abbé Roy, *j'ai eu des inquiétudes, parce qu'une accufation eft toujours fâcheufe pour un innocent.* Telle a dû être fa réponfe dans fon interrogatoire.

Quelle pitoyable défaite! Quelque fâcheufe que foit une accufation pour l'innocence, la voit-on jamais montrer des agitations & des terreurs avant le Procès-criminel même? La voit-on recourir aux prières, aux inftances pour l'éviter? La voit-on employer les moyens familiers à l'intrigue, les recommandations & les protecteurs? Non : un homme innocent annonce toujours le calme de la vertu; fon attitude n'eft jamais baffe; fon langage n'eft jamais vil; fa marche n'eft jamais rampante. On a quelquefois confeillé à des innocens décrétés de prife-de-corps, de ne point comparoître, & quelques-uns y ont confenti; mais jamais on n'en a vu s'agiter, frémir, fupplier, intriguer à l'approche d'un Procès qu'ils ne méritent pas, & d'un Procès, fur-tout, qu'ils peu-

vent éviter en nommant le criminel ? En un mro ,
de quelque manière que l'Abbé Roy l'entende , ſes
alarmes & ſes intrigues le rendent infiniment ſuſpect:
ce ne ſont pas les inquiétudes de l'innocent que ſa
conduite annonce , c'eſt la ſyndérèſe du coupable ; ce
ne ſont pas les alarmes de la prudence , ce ſont les
terreurs du remords. Enfin , ſi par haſard il n'a rien à
ſe reprocher , cette conduite même eſt un problême
inexplicable.

Maintenant, joignons aux circonſtances que l'on
vient de voir, les autres ſingularités que doit atteſter
encore l'information.

Dès l'inſtant que l'Abbé Roy a parlé du billet de
7000 liv., ſa marche a été tout auſſi ſingulière que
depuis ma réclamation.

L'Abbé Roy me connoît ; il connoît auſſi ma
ſolvabilité ; il a un billet ſur moi : que ne vient-
t-il lui-même me le préſenter ? ou que ne me l'en-
voie-t-il directement? Il y a mieux; il étoit encore
mon débiteur d'une ſomme de plus de 1100 liv. ; il
devoit me la payer peu de jours après: que ne me diſoit-
il : *j'ai un billet de 7000 liv. ſur vous ; déduiſons ces
1100 liv. , puiſque ma créance eſt liquide.*

Au-lieu de cette marche franche & nette, quelle
eſt la conduite de l'Abbé Roy?

Il va d'abord chez Mᵉ Edon qu'il connoiſſoit depuis quelques années ; & l'objet *de ſa viſite*, comme
l'atteſte Mᵉ Edon, *paroît être de le conſulter pour ſavoir*
D'UNE MANIÈRE POSITIVE *ſi, pour la valeur d'un*

billet, *il étoit néceſſaire* QU'IL FUT ÉCRIT DE LA MAIN DE CELUI QUI L'AVOIT SIGNÉ, *ou au moins approuvé de lui.*

Ainſi, l'Abbé Roy ſe garde bien de parler d'abord à Mᶜ Edon du billet qu'il a à toucher ſur moi ; il veut ſavoir, avant tout, ſi un billet fait ainſi eſt bon, & ſi l'on peut en exiger le paiement.

Et que l'on remarque ici une choſe bien importante : Mᶜ Edon doit dire *qu'il ne ſe rappelle pas ſi c'eſt dans cette* PREMIÈRE CONVERSATION *que l'Abbé Roy lui parla du billet qu'il avoit ſur le ſieur Réveillon.* Or, ſi ce n'eſt pas dans cette converſation qu'il a parlé de ce billet , combien de ſoupçons ſe préſentent alors à l'eſprit !... Il s'enſuivroit que l'Abbé Roy , méditant d'avance ce faux, mais ignorant ſi le billet ſeroit bon, conſultoit, afin de ſavoir comment s'y prendre ; voilà ce que ſignifieroit cette conſultation préalable.

Si, au reſte, c'eſt dans cette première converſation que l'Abbé Roy a parlé à Mᶜ Edon du billet même de 7000 liv. , il s'enſuivra toujours de ſes queſtions préliminaires, qu'il a voulu ſavoir, avant que de riſquer la confidence, ſi en effet un billet où il n'y a que la ſignature du débiteur eſt bon & exigible ; & dans le cas où la réponſe de Mᶜ Edon eût été négative, il eſt clair que l'Abbé Roy s'en tenoit là , & ne haſardoit pas une ouverture au moins imprudente.

Suivons toujours ſa marche. Mᶜ Edon lui répond que le billet d'un Marchand, ne fût-il que ſigné de lui ,

lui, eſt exigible: alors l'Abbé Roy qui eſt preſſé d'argent, & pour qui 7000 liv. font une fortune, croit déjà qu'il va les toucher; il eſt enchanté; & comme la joie eſt. ordinairement indiſcrète, ſon mot lui échappe, & il parle du billet.

Mais comment en parle-t-il? Me Edon vient de lui dire que la prudence exigeoit du porteur du billet, *qu'il vérifiât la ſignature & s'aſſurât de ſa vérité.* L'Abbé Roy, en conféquence, demande à Me Edon *s'il connoît le ſieur Réveillon;* il ſemble donc ne pas me connoître, mais ſeulement ma ſignature; & il paroît s'inquiéter de ma ſolvabilité. En doutoit-il? Non, ſans doute. Ainſi il a l'air de ne pas me connoître, & pourtant il me connoît parfaitement! Il a l'air auſſi de douter de ma ſolvabilité, & pourtant il en eſt ſûr! il eſt clair par cette marche tortueuſe, qu'il eſt de mauvaiſe-foi.

Il prie enſuite Me Edon d'envoyer toucher le montant du billet; & quel motif en donne-t-il? c'eſt qu'il lui placera les 7000 liv. (1)! Belle raiſon pour ne pas ſe faire payer lui-même de ce billet! Son véritable motif, c'eſt qu'il tremble de ſe préſenter chez moi avec un billet de cette eſpèce.

_____

(1) Il annonçoit à Me Edon, à ce qu'on aſſure, qu'il vouloit acheter une *maiſon de campagne;* qu'il auroit des moyens *infaillibles* de gagner encore; & que *ſon talent lui rendoit beaucoup.* Si l'Abbé Roy eſt coupable, aſſurément ſon *talent* peut en effet lui *rendre beaucoup*; & j'ai pour ma part tout lieu de le craindre, d'après les lettres qu'il a à moi.

E

Et en effet, il recommande à Me Edon *de ne pas le nommer* à moi (car tout eſt ſuivi dans ſon plan) ; il inſiſte vivement ſur cette condition. Il dit qu'il a *des raiſons particulières , même* LES PLUS FORTES , *de n'être pas connu comme propriétaire du billet.*

Et quelles ſont ces fortes raiſons ? Il donne celle du prétendu *manuſcrit* SECRET , & du danger de voir *pluſieurs perſonnes* RESPECTABLES *compromiſes.* (Ce ſont , à ce qu'on dit , les propres termes dont a dû dépoſer le témoin, Me Edon). Comme ſi un billet au porteur, ſtipulé valeur *reçue comptant ,* compromet-toit celui qui le préſente ! Comme ſi l'on pouvoit ſavoir ſi le poſſeſſeur de ce billet l'a reçu pour des ou-vrages ou pour d'autres valeurs ! Comme ſi, d'ailleurs , l'on pouvoit deviner que c'eſt le prix d'un ouvrage dé-fendu ou licite , fait pour le Gouvernement ou contre lui !

Comme de ſemblables défaites trahiſſent l'Abbé Roy ! & ne ſuffit-il pas de cette ſuite de ſubterfuges & de faux fuyans, pour juſtifier le décret prononcé contre lui ?

Réſumons les preuves. L'Abbé Roy eſt porteur d'un faux billet ; l'Abbé Roy ne peut pas faire connoître la perſonne dont il le tient ; l'Abbé Roy, pour expliquer ce billet, fait à la Juſtice la fable d'un Libraire chimérique , qui lui a acheté des ma-nuſcrits chimériques auſſi ; l'Abbé Roy , quand ce billet a été argué de faux , a uſé de tous les moyens imaginables pour *affoupir l'affaire :* prières, inftances, intrigues, protections, acte judiciaire, il a tout employé; l'Abbé Roy me connoiffoit; il étoit en compte avec moi ; il pouvoit déduire fur le billet ce qu'il me devoit : il n'en fait rien ; l'Abbé Roy prend d'abord la précaution de s'informer du fort que peut avoir fon billet; enfuite il laiffe croire à Me Edon qu'il ne me connoît pas ; il le prie de faire recevoir ce billet; l'Abbé Roy défend expreffément à Me Edon de le nommer, & il lui en donne une raifon ridicule; l'Abbé Roy enfin, à chaque pas, annonce de l'embarras, de la duplicité ou de la terreur; l'Abbé Roy eft coupable, diroient bien des gens; & fi je n'ofe le dire, c'eft que je defire, comme la Juftice, des preuves *plus claires que le jour ; luce meridianâ clariores.*

Or, ces preuves, il n'y a que l'inftruction continuée qui puiffe les donner. Là, s'il eft coupable, l'Abbé Roy interrogé de nouveau fe condamnera par fes contradictions, ou par des explications menfongères; là, les témoins le confondront à la confrontation ; là fur-tout, la comparaifon des écritures le condamnera, fi lui-même il a écrit le billet.

Toujours eft-il vrai que dans ce moment-ci, il eft trop fortement *prévenu* aux yeux de la Juftice pour ne pas refter dans le Procès.

Ainfi, d'une part, il y a un corps de délit fubfiftant; d'une autre part, l'Abbé Roy eft prévenu d'être l'auteur de ce délit : il ne peut donc pas efpérer l'évocation.

L'Abbé Roy m'oppofe dans fa Requête des moyens de procédure & de droit qui, dit-il, établiffent la nullité de la procédure.

C'eft une trifte & bien honteufe reffource, que des moyens de nullité en matière d'honneur! & un homme du caractère de l'Abbé Roy devroit, ce femble, rougir d'une défenfe de ce genre.

Je mets, au refte, cette Requête fous les yeux de mon Confeil, & je le prie de répondre à ces moyens de nullité. *Signé*, R É V E I L L O N.

CONSULTATION.

L E C O N S E I L S O U S S I G N É qui a lu le Mémoire du fieur Réveillon, la Requête de l'Abbé Roy, & les autres pièces du Procès,

E S T I M E qu'il exifte dans ce Procès beaucoup plus de preuves qu'il n'en faudroit pour déterminer les Magiftrats à continuer l'inftruction, & qu'au furplus les moyens de nullité dans lefquels fe retranche l'Abbé Roy, font deftitués de fondement.

D'abord le corps de délit eft certain dans toutes les hypothèfes; car il y en a un dans le propre fyftême de l'Abbé Roy, puifque la bafe de fa défenfe eft que le fieur Réveillon a fubftitué au billet qui lui avoit été préfenté uñ billet faux. Il y auroit alors un double crime à inftruire : 1°. le faux même ; 2°. le remplacement furtif du billet vrai, par ce billet faux.

Enfuire toutes les circonftances remarquées par le fieur Réveillon , annoncent que le billet préfenté par l'Abbé Roy eft un billet faux.

1°. Sa forme.

2°. La difparate de la fignature avéc l'écriture du corps du billet.

3°. Les ratures fur le hàut de ce billet.

4°. La conformité de l'écriture du billet avec celle de l'Abbé Roy.

5°. Les réticences de l'Abbé Roy fur la perfonne dont il dit tenir le billet.

6°. Sa conduite avant.& après le dépôt du billet , fes précautions , fes menfonges , fes fubterfuges , fes prières , fes inftances.

L'Abbé Roy fentant combien toutes ces circonf- tances le condamnent , fe défend par un fyftême de nullités , qui ne préfente qu'une chaîne d'abfurdités.

Il objecte d'abord que l'état du billet n'a pas été conftaté à l'inftant de la préfentation. Or, dit-il , l'Ordonnance exige qu'à l'inftant même du délit les Juges dreffent Procès-verbal de tout ce qui peut fervir à charge & à décharge ; & le billet, dit-il encore, a été plufieurs jours fans que l'état en fût conftaté. Cependant il devoit l'être d'abord par un protêt à l'inftant de la préfentation , & il devoit l'être auffi par

le Commiſſaire, à l'inſtant de la déclaration du ſieur
Réveillon. Or, ajoute l'Abbé Roy, le ſieur Réveillon
n'a pas fait proteſterle billet, & enſuite le Commiſſaire, loin d'en conſtater l'état, l'a remis à Me Edon,
qui ne le lui a rendu que pluſieurs jours après. Tout
eſt donc nul & faux dans les déclarations & dans
la Plainte.

Cette défenſe de l'Abbé Roy eſt abſurde en point
de droit, & elle eſt preſque entièrement fauſſe en
point de fait.

D'abord, quant au protêt, 1°. il eſt abſurde d'appliquer à la procédure criminelle une voie qui n'eſt
faite que pour la procédure civile & conſulaire.

2°. Le protêt n'eſt introduit qu'en faveur du porteur, qui ſeul eſt tenu de faire proteſter.

3°. L'objet du protêt n'eſt autre que de conſerver
les recours contre les tireurs & endoſſeurs, & d'aſſurer les intérêts du change.

A l'égard du *Procès-verbal* que l'Abbé Roy ſup-
poſe devoir être fait *à l'inſtant du délit*; 1°. l'Abbé
Roy abuſe du texte de l'Ordonnance. La Loi parle
ici d'un délit *qui vient d'être commis*, & ſur le lieu
duquel le Juge ſe tranſporte; mais vouloir appliquer
cette diſpoſition de la Loi à tous les délits, dans quelques inſtans qu'ils ayent été commis, c'eſt une
abſurdité.

L'Ordonnance qui eſt ici la loi de la matière,
c'eſt l'Ordonnance *ſur le faux principal*. Cette Loi
porte (art. 5 & 6) que le délai pour l'apport des

pièces arguées de faux , *courra du jour de la signifi-cation de l'Ordonnance , ou jugement qui permet d'in-former.*

Or , le billet a été dépofé même avant l'Ordon-nance du Juge , puifqu'il l'a été avant la plainte.

A l'égard des faits fuppofés par l'Abbé Roy , 1°. à la vérité le fieur Réveillon n'a point fait protefter le billet ; mais parce qu'en matière de faux ce n'eft point là la marche qu'indique l'Ordonnance. 2°. Le fieur Réveillon a été faire fa déclaration ; le billet a été enfuite dépofé par un Officier public , Me Edon, & fon état a été conftaté dans le temps prefcrit par l'Ordonnance , puifqu'il l'a été même avant la remife qui en a été faite au Greffe. Le Commiffaire en effet l'a paraphé à l'inftant du dépôt.

Mais , dit l'Abbé Roy , le billet a pu être changé avant le dépôt.

1°. Ce feroit à l'Abbé Roy à le prouver ; & il n'en donne aucune preuve.

2°. Le fait eft faux , puifque Me Edon & fon Clerc reconnoiffent le billet.

L'Abbé Roy objecte encore que le Commiffaire a remis le billet à Me Edon , & que Me Edon le lui a remis enfuite , & il invoque , pour prouver cette allégation , la déclaration extrajudiciaire de Me Edon.

1°. Quel ridicule épifode! Quand tout cela feroit ,

que s'enfuivroit-il, dès que c'eft toujours *le même billet* ? Le feul point important ici pour le fieur Réveillon, c'eft l'identité de ce billet : donc le feul point important pour l'Abbé Roy, c'eft de la détruire. Or, nous répétons, que l'Abbé Roy ne la détruit pas.

2°. Dans fa déclaration judiciaire, lors du dépôt du billet, Mᵉ Édon dit expreffément qu'il remet le billet que lui a donné l'Abbé Roy, & il ne dit pas le tenir de Mᵉ le Rat, mais de l'Abbé Roy lui-même.

3°. L'Abbé Roy donne à la déclaration extrajudiciaire de Mᵉ Édon un fens que Mᵉ Édon n'a pas eu intention de lui donner. Voici les expreffions de Mᵉ Édon :

« A fait réponfe qu'il a remis le billet dont il
» s'agit, ce matin (le 21 Décembre) à Mᵉ le Rat ;
» qu'il l'avoit laiffé entre les mains de Mᵉ Édon,
» avec promeffe de ce dernier d'en faire la repréfen-
» tation, & ce le 11 du préfent mois ; que depuis
» ce temps ledit billet n'eft point forti des mains
» dudit Mᵉ Édon, & qu'il n'étoit point paraphé
» dudit Mᵉ le Rat ni d'autres, & obfervant en outre
» ledit Mᵉ Édon, que ledit billet ne lui avoit été
» remis que pour toucher le montant, & enfuite en
» faire le placement ; & a figné *EDON*, &c. »

Ainfi, d'après cette réponfe, le billet n'eft pas forti des mains de Mᵉ Édon depuis le 11 Décembre, c'est-à-dire, le jour de la préfentation qui en a été faite chez le fieur Réveillon ; & fuivant la même réponfe, M^e le Rat a recommandé à Me Édon *d'en faire la repréfentation* au befoin. Voilà tout ce que dit la déclaration extrajudiciaire de Me Edon : ainfi elle ne contredit pas fa déclaration judiciaire.

Le fyftême de nullités que préfente l'Abbé Roy n'eft donc imaginé qu'en défefpoir de caufe, & rien ne peut empêcher les Magiftrats d'ordonner la continuation de l'inftruction.

Délibéré à Paris, ce 6 Avril 1789.

TRONSON DUCOUDRAY, Avoc.

FROMENTIN, Procureur.

www.ingramcontent.com/pod-product-compliance
Lightning Source LLC
Chambersburg PA
CBHW061716180626
46818CB00003B/1389